길고양이들은
배고프지 말 것

일러두기

○ 저자의 입말을 살린 표현에 시적 허용을 두었습니다.

○ 인용한 노랫말의 정보를 해당 글 아래에 ▶로 밝혔습니다.

길고양이들은 배고프지 말 것

초판 1쇄 발행 2018년 7월 17일

지은이 이상교

펴낸이 조기흠

편집이사 이홍 / **책임편집** 송지영 / **기획편집** 최진, 박종훈, 박혜원

마케팅 정재훈, 박태규, 김선영, 이건호 / **표지, 본문디자인** 여만엽 / **제작** 박성우, 김정우

펴낸곳 한빛비즈(주) / **주소** 서울시 서대문구 연희로2길 62 4층

전화 02-325-5506 / **팩스** 02-326-1566

등록 2008년 1월 14일 제 25100-2017-000062호

ISBN 979-11-5784-271-1 03810

이 책에 대한 의견이나 오탈자 및 잘못된 내용에 대한 수정 정보는 한빛비즈의 홈페이지나
이메일(hanbitbiz@hanbit.co.kr)로 알려주십시오. 잘못된 책은 구입하신 서점에서 교환해드립니다.
책값은 뒤표지에 표시되어 있습니다.

홈페이지 www.hanbitbiz.com / **페이스북** hanbitbiz.n.book / **블로그** blog.hanbitbiz.com

지금 하지 않으면 할 수 없는 일이 있습니다.
책으로 펴내고 싶은 아이디어나 원고를 메일(hanbitbiz@hanbit.co.kr)로 보내주세요.
한빛비즈는 여러분의 소중한 경험과 지식을 기다리고 있습니다.

글·그림 이상교

길고양이들은 배고픈지 말 것

HB 한빛비즈
Hanbit Biz, Inc.

어린 시절을 강화군 길상면 초지리에서 보냈는데 그 때 내 별명은 '키다리 새 다리'였다. 남달리 큰 키로 키다 리, 가느다란 발목으로 새 다리라 불렀다. 나는 새 다리 로 초지리 온 들녘, 산굽이와 개울을 훑고 다녔다.

비라도 내리는 날이면 초가지붕 깊은 처마 밑 담장에 기대어 너른 논벌을 빠른 걸음으로 쳐들어오는 뽀얀 빗 방울들의 발을 보았다. 어느 때 비는 새하얗게 손사래를 치며 달려오는 듯 보였다.

그런 날이면 무릎이 넘는 검정 무명 초마(치마)를 입 고 담장에 붙어 서서 청승스레 노래를 불렀다. '바위 고 개 언덕을~'을 부르고, '봄의 교향악이 울려 퍼지는~' 을 불렀다.

그때는 이 청승맞은 '키다리 새 다리'를 근심 어린 표 정으로, 때론 안도하는 눈빛으로 바라보는 어머니가 계 셨었다.

이르게 깬 귀 앞에 빗소리다.

베란다 창을 열고 비안개로 부연 앞산에 눈을 준다. 높고 낮은 지붕들이며 나무와 도로가 온통 빗방울이다. 빗방울 개수만큼 마음 가운데 기쁨이 튀어 오른다.

뜨거운 인스턴트커피를 마실 것, 달궈진 햇살 향 한 대 태울 것, 머리통에 빗방울을 맞이하기 위해 아파트 앝은 처마 끝 담벼락에 바짝 붙어 설 것…. 길고양이 '넙데기'는 쥐똥나무 울타리 밑에서 배곯지 않고 비도 잘 피할 것이다.

2018년 6월

이상교

그
림
그
리
다

베란다에 볕이 밝다.
베란다에 볕이 밝으니 거실도 따라서 밝다.
거실에 앉은뱅이책상 하나 놓고
새 스케치북과 물감, 물그릇,
가느다란 붓 두어 자루 두고
그림 그리고 싶다.
꽃, 새, 물고기, 세발자전거, 감꼭지, 고양이 같은 것을
그리고 싶다.
누군가 전화로 "뭐 하고 계세요?"
하고 물어온다면 "응, 그림 그려."
대답하고 싶다.

차례

1

무릎에 와 앉는

고양이 한 마리

봄

치
매

이다음에 치매나 안 걸렸으면 좋겠다.
걸려도 좀 귀엽게 걸렸으면 좋겠다.

1부 • 고양이 한 마리 무릎에 와 앉는 봄

팔레트에 물감을 풀어 빈 종이에 붓질을 하노라면
쭈꾸미가 다가와 붓 빠는 물을 할짝거린다.
팔레트에 짜놓은 물감 냄새를 맡아보기도 한다.
쭈꾸미는 요란하지 않고 조심스러우며
품위를 잃는 법이 없다.
비굴하게 매달리지 않으며 쪼잔하게 야옹거리지 않는다.
큰 눈은 더욱 크게 뜨고
작은 입은 더 작게 다물고 사색하는 자세다.
용돈을 조르지 않으며 반 가지의 불평도 토로하지 않고
사랑하는 이에게 고마움의 뜻으로
고로롱고로롱 인사말을 잊지 않는다.
쭈꾸미 눈에 나는 또 한 마리의 고양이다.
천장에 키가 닿을 만큼 아주 커다랗고
어디선가 음식을 구해다 밥그릇을 채워주는
존경스러운 대빵 고양이인 것이다.

덕

어제는 별일 아닌 일로 고양이에게 화를 냈다.
어쩐지 미안해 오늘은 고양이 목에
방울이 달린 빨간 목줄을 사다 둘러 주려 했다.

「할머니, 나 예뻐?」
「예쁘고말고!」
「할머니, 변덕쟁이!」
「애야, 변덕도 덕이란다.」

정들다

어제 통증클리닉에 다녀온 뒤로 허리가 조금 덜 아프다.
덜 아프니까 기분이 찜찜하다. 이게 아닌데 싶다.
그 사이를 못 견뎌 병이 익숙해지다니
그새 정이라도 들었나?
딸에게 말하면 그 애는 이렇게 말할 것이다.
"바보 아냐?"

밤늦게 지하철 종각역에 들어서면
노숙자들이 지은 종이집이 볼 만하다.
종이 상자 몇 개를 뜯고 테이프로 이어 만든
네모반듯한 종이집.
생전에 종이 관을 지레 만들어 놓은 듯싶다.
누에고치처럼 몇 잠을 자고 나면 허물을 벗고
호랑나비 아니면 노랑나비, 흰나비로 환골탈태.
지하철 계단을 딛고
눈부신 볕발 가운데로 날아갈 것이다.

○
졸
다

난 버스만 타면 좁니다.
꾸벅꾸벅 좁니다.

귀가 때는 버스가
부디 우리 집 안방을 밟고 지나갔으면.
우리 집 안방에 잠깐 서서 버스 문을 열고
날 이불 위에 떨어뜨려 머리맡의 베개 끌어다 베고
그대로 곯아떨어지게 해주었으면.

○
어
디
에
도

"아이가 할 수 있는 일을
어찌 그리 일일이 대신해주는가?"

누군가 보면 타박할 것이다.
아이가 스스로 헤쳐 나가야만 할 난제는
앞으로도 쌔고 쌨다.
거들어 주고 싶어도
거들어 줄 수 없는 경우에 이르기도 할 것이다.
어미가 세상을 뜨고 만 뒤 아이는 어디에서도
어미를 찾을 길 없을 것이다.
어미는 어미일 때 좀 쓰이고 싶다.
바느질 따위 소소한 무엇으로라도.

아주 좋은 생각이 났어요.

한 사흘, 바다가 보이는 외딴 데서 푹 쉬는 거예요.

문만 열면, 아니 문을 열지 않아도

바닷물 소리만 아득히 들리는 민박집 문간방에서요.

민박집에는 한 삼 년 전부터 함께 지내온

누렁이 한 마리가 있고요.

주름이 잔잔한 할아버지와

초등학교 1학년쯤의 사내아이 하나가 있으면

더 좋겠어요.

한 사흘, 한 달, 한 석 달,

그러다 한 세 해쯤.

썰물 때면 갯벌에 나가 어린 새끼 게를 쫓아다니는 거죠.

○

나
뉘
다

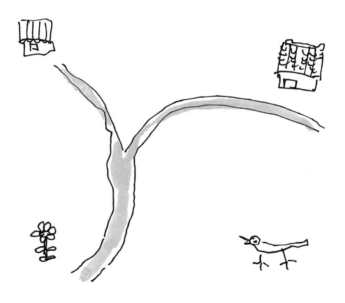

한 곳에 지니고 있는 생각조차 수시로 나뉜다.
실마리를 잡아보려 애쓰지만 실 끝은
쉬이 찾아지질 않는다.

하는 수 없이 애먼 데를 끊어
새로운 실머리를 만든다.
그렇게 해서 만든 실머리가
헤아릴 수 없이 많다.
내가 아닌 다른 사람들의 생각 일부라도
나와 같기를 바라는 것은 무리다.
사람들의 생각이 모두 같길 바라는 일은 무리다.
그것을 바라다 나는 어제도 말다툼을 벌였다.

개여울

중랑천 개울가에 주저앉아
청승을 다해 노래를 불렀다.

'날마다 개여울에 나와 앉아서
하염없이 무엇을 생각합니다.
가도 아주 가지는 않노라심은
굳이 잊지 말라는 부탁인지요.'

마음 쓸 것 없다.
이래도 저래도 세월은 흐르며,
마음을 쓰리고 아프게도 했던 일들은
흐르고 흘러 은하수 강물을 이미 건넌 뒤다.
하얀 쪽배를 타고 은하수 강물을 건너던 계수나무와
토끼 한 마리가 무심히도 흘려보냈을 터다.

▶정미조, 〈개여울〉

옛날이야기

쭈꾸미한테 옛날이야기를 들려주기로 한다.
〈해님 달님〉 이야기다.

'떡 하나 주면 안 잡아먹지!'
'떡 하나 주면 안 잡아먹지!'

쭈꾸미는 눈 한 번 깜박이지 않으면서 들었다.
내일은 〈콩쥐팥쥐〉를 들려주기로 했다.
우리 집 고양이는 팔자가 좋다.
조르지 않아도 옛날이야기를 해주는 집사와
함께 살고 있으니.

1부 · 고양이 한 마리 무릎에 와 앉는 봄

벚꽃, 좁쌀

아파트 뒷길 벚나무에 벚꽃 피어난 걸 보았다.
벚꽃 본 기념으로 누군가와 커피를 마시고 싶었으나
마땅히 마실 사람이 없어
'벚꽃이 피어났고나!' 아무도 들을 수 없게 작은 소리로
혼잣말을 하고 돌아왔다.
집에는 좁쌀이며 택배가 와 있었다.
노랗고 작고 동그란 알갱이들.
좁쌀밥을 해 먹고 새처럼 몸이 가빗해져서
벚꽃 핀 가지에 답삭 올라앉아 노래를 부를 것이다.

'꽃 피는 봄 사월 돌아오면
이 마음은 푸른 산 저 너머
그 어느 산 모퉁길에
어여쁜 임 날 기다리는 듯
철 따라 핀 진달래 산을 넘고
먼 부엉이 울음 끊이지 않는
…

날 사랑한다 말해주오, 그대여

내 맘속에 사는 이 그대여
그대가 있기에 봄도 있고
아득한 고향도 정들 것일레라.'

내 맘속에 사는 이에게
사뭇 떨리는 목소리로 들려주고 싶은 노래다.

▶ 채동선, 〈망향〉

새벽 세 시 조금 넘어 눈을 떴다.
이르게 깬 일이 공연히 근심스러워
도로 자려고 했으나 어둠 속에서 정신은 더욱 또렷,
하는 수 없이 일어나 앉았다.
무 싹은 많이 자랐다.
속잎 돋아난 자리가 오골오골한 것이
혹시 꽃대가 올라오는 중 아닐까 들여다보았다.
잘 모르겠다.
그냥 두어도 되겠다. 될 대로 될 것이다.
무 장다리꽃은 노랑도 있고 보라도 있다던데
맞는지 모르겠다. 필대로 필 것이다.

푸르른 피

봄이면 내 몸에 푸르른 피가 돌아 편치 않다.
벚나무, 사과나무, 배나무에 흐를 기운이
내게 옮아 흐르고 말아
푸르를 나무가 아닌 나는 기운을 좀 잃는다.
나무들, 풀들 움 돋는 기운에
기우뚱 기울어지는 것이다.
잎이 나기 시작하면 나을 것이다.
꽃이 피기 시작하면 나을 것이다.

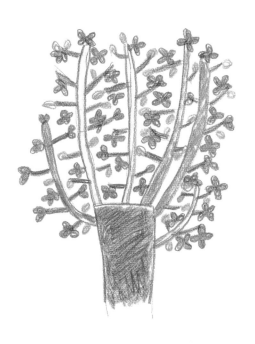

이불

이불 세 채를 베란다에 차례로 널어 볕을 들였다.
볕을 그냥 헛된 볕으로 두지 않고
좋은 일로 불러들여 일하게 한 셈이다.
나는 훌륭한 일을 많이 했으니
지옥에 떨어지지는 않을 것이다.

벚
꽃
환
한
날

눈 돌리는 곳마다 지천으로 피어난 벚꽃으로 하여
누구든, 어떤 일이든
모두 용서하고 싶은 날이다.
용서받고 싶은 날이다.

○
나
이
들
어

나는 텔레비전을 좋아하지 않는다.

연속극도 안 보고 뉴스에도 관심이 없다.

나이 들어 할 일이 없어지면 외딴 마을 외딴집으로

이사를 해서 구시렁구시렁 혼자 지낼 것이다.

무짠지 담근 항아리를 땅속에 묻어놓고

그거나 한 개 두 개 썰어 밥반찬 해 먹으면서.

집 앞마당에 질경이를 뜯어 나물로 무쳐 먹으면서.

뒷동산에 할미꽃이 피었는지,

산수유 꽃이 노랗게 피어나는지 기다리면서.

봄아지랑에 흔들흔들 흔들리는

저어기 아래 먼 마을에 눈을 주면서.

비 내리는 밤이면 처마 끝에서 떨어지는

쪼로록쪼로록 빗소리나 헤아리면서.

묵은 신문을 들춰 읽었는데
강화 초지 또는 동막 갯벌의 흰발농게 이야기가 있다.
흰발농게는 집게발 한쪽이 유난히 큰데다가,
흰빛인데 암놈 농게를 꾈 때는 그 크고도 흰 집게발을
1분에 20번이나 흔들며 춤을 춘다고 한다.
집게발을 안으로 구부려
마치 '이리 와, 이리 와' 하는 꼴로.

지금 곧 강화를 향해 길을 나서고 싶다.

전철로 신촌까지

그곳에서 강화읍까지 가는 시외버스를 탄다.

읍에서 다시 선수행 아니면 석모도행

시외버스를 갈아탄다. 그러면

집으로 돌아갈 시간이 가까울 무렵,

노을을 보게 될 것이다.

서해 수평선 너머로 지기 전의

노을빛은 번번이 아름다웠다.

노을빛을 맞은 흰발농게의 춤은 한결 가관일 것이다.

봉숭아

아파트 뒷길 꽃밭에서 늦게 싹튼 봉숭아를
작은 화분에 옮겨 집 안에 들여놓았다.
봉숭아는 가냘가냘 줄기를 벋는 중인데,
허리를 해가 비쳐드는 쪽으로 구부렸다.
저 애를 또 돌려놓아야겠지.
초록 꽃받침 사이로
분홍 얼굴을 조금 드러냈다.
늦게 핀 분홍이
한결 곱다.

○

모
를
일

길을 가다 번데기 파는 리어카를 만나
천 원어치를 사 들었다.
벚꽃 그늘 아래 긴 나무 의자에 앉아
이쑤시개로 콕콕 찍어가며
한 개도 안 남기고 다 먹어치웠다.
마지막 한 개까지 다 먹고 국물까지 다 마셨다.
양 어깻죽지가 근지럽다.
'오! 나비가 될지도 몰라!' 하고 생각했다.

멀
미

버스에서 내려 오래된 절이 있는 산 둔덕에 눈을 주었다.
둔덕에 선 나무들은 연둣빛 새잎을 달고 서 있었다.
(다시 태어나 결혼을 하게 된다면
연둣빛 새잎이 피는 때에 할 것이다)
이따금 이르게 핀
엷은 분홍 진달래꽃 한두 송이가 보인다.

언뜻 차가운 바늘 바람을 내뿜기도 하는 들판은
여린 들숨과 날숨을 들이쉬고 내쉬는 중이다.
시외버스 창 쪽 자리에 앉은 가슴이 문득 아리다.
조금 푸른 기가 도는,
서늘하기도 한 피 한줄기가 핏줄에 섞여 도는 중이다.
봄 멀미다.

새
싹

새로 돋아 자란 중랑천 기슭의 새파란 풀이
자꾸 눈앞에 어른거린다.
흙에 떨어진 것들은
싹을 틔우고 뿌리를 내리고
새잎을 밖으로 내놓게 되어 있다.
놀라운 생명력이자 치유 능력이다.
흙은 놀랍다.
딱정이가 진, 단단한 씨앗에서
새것을 끄집어내니.
어떤 상처든 마침내는 낫는다.

모
란

절 마당에 볕살이 가득하다.
부드러운 바람이 부는 마당 한 옆으로
자줏빛 모란이 향기를 머금고 피어나 있다.

어머니가 함께 계셨더라면.

절 마당을 한 바퀴 돈 뒤 절 문을 나선다.
모란의 품을 나선다.
'엄마, 다음에 또 올게요.'

1부 • 고양이 한 마리 무릎에 와 앉는 봄

○
봄
타
다

봄볕이 밝으면 어딘가를 향해
길을 나서고 싶어질 게다.
나서고 싶어지면 나서게 될 게다.
나서려다 그만두고 싶으면 또 쉽게 마음을 접겠지.
그렇게 되면 그런대로 둘 게다.
타는 봄을 타는 대로 타게 둘 테다.

1부 • 고양이 한 마리 무릎에 와 앉는 봄

먼지

피아노 뚜껑 위와 책장 칸칸 앞에
먼지가 보얗게 앉았다.
소곤대는 귓속말을 들은 귀지처럼
제가 저이면서 제가 아닌 것처럼 앉았다.
오랜 날을 두고 가만가만 내려앉았다.
옆자리 먼지와 사이를 알맞게 넓혀
기지개를 켜도 상관없을 거리를 촘촘 지키며.
물걸레로 말끔히 훔쳐내려다 견딘다.
보얗게 쌓여 내리느라 오오래 힘겨웠을 것이다.

겹
벗
꽃

1부 • 고양이 한 마리 무릎에 와 앉는 봄

'이 꽃나무가 언제부터 여기 서 있었던 거지?'
나무 아래 서서 탐스럽게 피어난 꽃을 한참 올려다본다.
작은 가지라도 꺾어 집으로 돌아가
유리잔에 얹어 놓을까 망설이다 돌아서는데
꽃 한 송이가 잔디 위에 떨어져 있다.

"우리 집에 가자."

겹겹 꽃잎이 좀 시들긴 했어도
들여다보고, 냄새 맡아보고, 쓰다듬고….

어릴 적 살던 집 안마당과
겹벚꽃 나무를 마당에 심으신 아버지.
겹벚꽃의 봄마다 아버지를 떠올리면 되겠다.

어두운 길을 혼자, 무거운 짐을 들고 돌아올 때면
늘 엄마 생각이 난다.
여덟 형제 먹이려면
장보따리가 꽤 무거웠을 것이다.
왜 그때는 몰랐을까?
무겁게 사 들고 온 걸 말끔히 다듬고 헹궈
먹을 수 있게 만들어 밥상에 올려주신 그 수고를.
부모님께 오롯한 기쁨이 되어 드릴 수 없다면
마음 아프게 하는 근심거리는 되지 않기.

나는 적어도 근심거리는 되지 않기 위해
무진 노력했다.
못 믿겠거든 돌아가신 우리 엄마께 문의해보셔라.

◯

눈
맞
다

1부 • 고양이 한 마리 무릎에 와 앉는 봄

어제 우체국 가는 길,
공원에서 길고양이 한 마리와 눈이 맞았다.
앞가르마를 탄 삼색이 어린 고양이다.
내 몸이 웬만큼 성하다면 데려오고 싶은 애였다.
나무의자에 둘이 적당한 간격을 두고 잠깐
침묵을 지키며 앉아 있었다.

'날은 추워 오는데 무얼 먹고… 어찌 사니?'

바스락바스락 마른 나뭇잎이 내는 소리가 좋은가 보다.
나랑 취미가 같다.

오늘도 우체국에 가는데
비닐봉지에 사료 한 줌 담아 들고 가야지.
어제는 아무것도 줄 것이 없었다.
천 원 한 장 쥐여 주면서 '호떡 사 먹어.' 할 수도 엄꼬.
살도 없고 맛도 없을 왼손 넷째 손가락을 잘라 줄 수도
엄꼬.

봄

이른 봄이 오는 벌판에서
희고 커다란 거위가 꽥꽥 우는 걸 보았다.
가느다란 실을 얽어 놓은 것처럼 생긴
잔나뭇가지들도 보았다.
다리 아래 물 속에서 헤엄치는
송사리들도 보았다.
눈에 오오래 담아두고 싶은 풍경들이었다.
아무래도 나는 아직 눈 감을 수 없겠다.

2

발그레한

한낮의

데굴데굴

복숭아처럼

여
름

사람들이 책을 많이 보내와 읽을 책이 좀 많다.
나만큼 책 읽기를 싫어하는 사람도 없을 텐데
명색이 글 쓰는 이라고 하니
사람들은 모르고 자꾸 책을 보내온다.
그래서 어쩔 수 없이 몸을 비비 틀면서 책을 읽는다.
이 얘기를 책으로 쓰면 잘 팔릴 것 같다.

의지박약

내가 집에 가고 싶다고 말했을 때,
함께 있던 사람들이 날 붙잡지 말았으면 좋겠다.
누군가 말리면 꼭 돌아가야 함에도
의지박약인 나는 주저앉고 만다.
집에서 나오기도 내 마음대로였던 것처럼
바람처럼 간데없이 돌아가고 싶은 것이다.
그러면 나는 주저앉아
'전철역에 닿았다 … 272번 버스로 갈아탔다 …
현관에서 신발을 벗는다 … 내 방이다!'
마음으로는 이미 집에 돌아가 있다.

돌호박

위층에 여섯 살짜리 남자아이 하나가 있다.

그 아이는 걸핏하면 뛴다.

오늘은 아침부터 뛰었다. 정신이 하나도 없다.

우당탕! 와당탕! 퉁탕탕!

듣고 있노라면 울퉁불퉁 못생긴,

푸르둥둥 돌호박 한 덩이가 떠오른다.

돌호박이 구르기 시작하면 정신이 하나도 없다.

아이의 부모인 젊은 내외가

뛰는 아이를 꾸짖는 것 같지만 소용이 없다.

막무가내로 뛴다.

우당탕! 퉁탕탕! 떼구르르―

밥을 먹을 때면 소리를 정수리 위에 이고 먹는다.

돌호박 구르는 소리보다 더 크게 소리 내어 밥을 먹으
리라!

와작와작, 우썩우썩, 후루룩쭈루룩―

소용없다.

어린 새끼 오리는
병아리보다 더 귀엽다.
납족한 주둥이랑 물갈퀴 달린 발가락이며
뒤뚱대는 궁둥이랑 꼬액꼬액 우는 소리며
노랗기도, 희기도, 갈맷빛이기도,
잿빛이 조금 돌기도 하는 털 빛깔이며.

오늘 나는 새끼 오리가 보고 싶다.
까만 눈을 대록거릴 새끼 오리.
작은 물고기 한 마리를 삼키느라
고개를 앞뒤로 힘겹게 주억거릴 것이다.

광화문 KFC 옆,
좁은 골목길에서 새끼 길고양이와 마주쳤다.
재빨리 달아날 줄 알았는데 순순히 안겨 왔다.
"아이구, 이쁜 놈!"
눈을 동그랗게 뜨고 나를 마주 보았다.
손에서 놓아 주자 나무판대기 몇 개 기대어 있는 담 사
이로 쏙 들어갔다.
「여기가 제가 사는 집이에요.」
참치 캔 하나를 울타리 밑에 넣어 주고 돌아오는 길,
광화문통에 나가면 들러볼 곳이 한 군데 더 생겼다.

바
다

"엄마는 왜 바다를 보지 않아?"
펜션에 도착해서 일별一瞥한 바다.

"아깝기 때문이야."

눈을 들어 얼른 바라보기 아까운 것이
어찌 바다와 파도뿐이랴.
단번에, 그다지 애태우지 않고, 애쓰지도 않고
바라보고 들여다보기 쉽지 않은 것들이 많아
우선은 건성건성 보기로 작정한다.
삶이 다할 때까지 다 못 본다 해도 도리 없다.
못 잊을 이, 그대 또한 그러하다.

한때

나도 한때는 젊었다.
돌이끼처럼 응달진 곳에서도 푸르렀다.
개복숭아꽃처럼 발그레했다.
논두렁 참개구리처럼 실하며
곧잘 펄쩍펄쩍 뛰어다녔다.
밤늦도록 놀고 돌아와서도
다시 밤을 새워 책을 보거나
되잖은 글을 끄적이며 설레했다.

만일에, 만약에, 어머니가 살아 계시다면
나는 어떤 어려운 일도 마다하지 않을 것이다.
어머니 얼굴에 웃음꽃이 피어나도록,
그 웃음꽃이 지지 않도록,
앞에서 노래를 부르고 춤을 출 것이다.
흰 편지 봉투에 용돈을 담아
손에 들려 드릴 것이다.
같은 십만 원이어도 네 귀퉁이가 접히지 않은
새 수표 한 장을 더 좋아하셨던 어머니를 위해
좀 더 기쁘게 돈을 벌 것이다.

○
지
나
다

삶이란
어떻게든
다 지나가게 마련이다.
그러니 어서
지나가게.

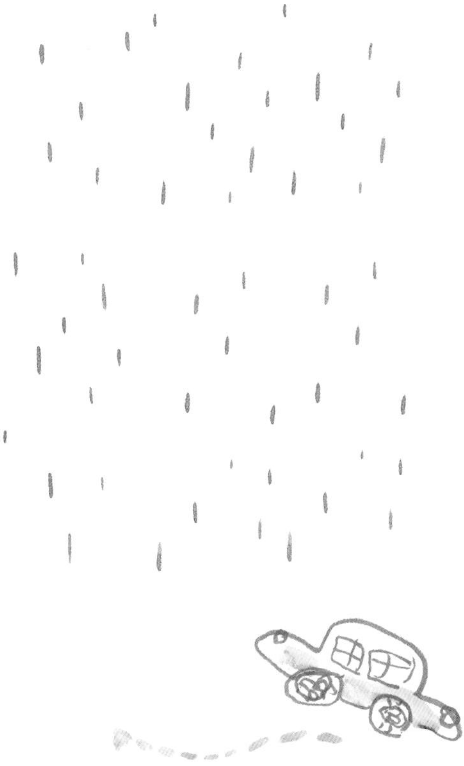

꽃
밭

중랑천 둑길 옆에 피어난
갖가지 빛깔의 백일홍을 들여다보는 일이 기쁘다.
그 길을 지날 때마다 누가 둑길 옆에
백일홍과 나팔꽃, 칸나와 해바라기를
심기로 한 것인지
참으로 고맙다.

위
로

대단하지 않은 일로 속을 좀 끓였다거나
여러 사람을 만나 실없이 떠든 다음 날에는
만 가지 일을 작파하고 집을 나선다.
귀와 입, 눈이 쉬고 싶어 하는 탓이다.
되잖게도 사람으로부터 위로받기를 진작 포기하고
숨어 흐르는 개울물이라든지
키 큰 나무, 끝없이 이어진 들길,
귀 앞을 떠나지 않고 속살대는
바람 소리로 마음을 갈앉히고 싶음이다.

양수리행 시외버스를 탔다.
때마침 장날이라 작은 탁자 하나를 차지하고 앉아
새우 튀김 아니면 순대 한 접시에
막걸리 한 사발을 청해 마신다.
한 탁자 건너에 양수리 토박이임이 분명한
아저씨들 이야기가 정겹다.

2부 • 데굴데굴 한낮의 복숭아처럼 발그레한 여름

어쩌면 초등학교 선후배 간이거나 동창 간일 것이다.
'벌레가 콩에 침을 묻혀 놓으면 콩 맛은 다 간 거'란다.
나쁜 놈, 콩 벌레!
끼어들고 싶으나 애써 견딘다.

건
드
리
지
말
것

어디선가 달개비꽃 냄새가 난다.
이른 아침 이슬 내린 풀섶 길에서
맡은 적 있는 냄새다.
어제는 나뭇잎 냄새를 맡았다.
어린이대공원 앞을 지나다 숲 안 길에서 화악, 풍겨왔다.
그 냄새 덕분에 외롭지 않았다.

숲은 숲의 냄새를 지닌다.
숲의 냄새를 고스란히 머금은 물로 세수를 했다.
밥은 먹지 않았다.
빈속이 이슬처럼 투명하다.
귀뚜라미처럼 가난하다.

안 그래도 조용한 이른 새벽,
더 그리운 조용을 찾아 현관을 나선다.
바닥에 발바닥이 닿지 않도록
발걸음 소리를 죽여 스적스적 걸음을 옮긴다.
간질이듯 우는 풀벌레 소리를
더 가까이서 들어보려 한다.
몸은 풀숲에 가려질 만큼 작은데
소리는 키 큰 나무 끝 가지에 이르도록 큰 풀벌레들.
그들은 무엇이 애타 밤새도록 우는 걸까.

비 온 뒤

며칠 비 쏟아져 내린 뒤, 외진 숲 그늘에
작고 도톰한 흰 버섯이 나와 있다.
레이스를 단 것처럼 가장자리가
오글쪼글한 버섯도 보인다.
옅은 겨자 빛깔이다.
버섯은 축축한 기운을 받아 움튼 숲의 귀다.

짙은 주황 얼굴에 까만 점을 송송 박은
산나리 한 송이가 바람에 흔들린다.
담장 얕은 낡은 외딴집 텃밭에
샛노란 호박꽃이 피어 있다.

비 온 뒤 아파트 뒷길을 걸을 때마다
어린 날의 시골 숲길이 떠올라
나는 알맞게 행복하다.

내 고양이 배째의 혓바닥은 분홍빛이다.

꽃잎 못지않게 예쁘고 날렵하다.

할짝할짝 –

혓바닥으로 제 발목과 발바닥을 열심히는 핥는다.

집을 떠나 있으면 배째가 많이 보고 싶다.

내가 뭐라 뭐라 말을 걸면

자면서도 꼬리로 바닥을 탁탁탁 때린다.

듣고 있다는 신호다.

코도 발바닥도 분홍빛.

가끔 내 오른발 복숭아뼈를

너무 세게 물어 매 한 대를 맞는다.

등 긁는 대막대기로 톡톡!

지금은 저를 이따금 때리는 대막대기를

이리저리 넘어뜨리며 노는 중이다.

○
십
상

이따금 덥지도 않은데 선풍기를 켠다.
켠 다음에는 쉬이 끌 수 없다.
뭐든 고여 있는 것이 마음에 들지 않아서다.
바람은 바람답게 횅횅 돌았으면 싶다.
사람도 고여 있기보다 움직이는 쪽이 낫다.
몸이 움직이든 정신이 움직이든.
고여 있는 것은 상하거나 가라앉기 십상이다.

2부 • 데굴데굴 한낮의 복숭아처럼 발그레한 여름

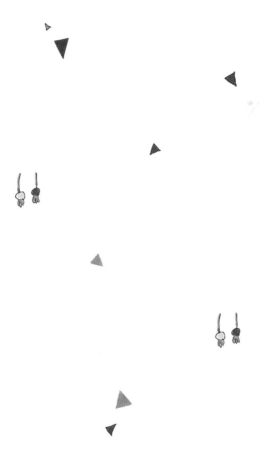

○
상
한
복
숭
아

복숭아 두 개가 달랑 남았는데
두 개 다 한쪽이 물러 있다.
그냥 버릴까 하다 상한 데를 도려내고 접시에 담았는데
상한 것의 일부여선지 성한 부분도 맛이 떨어졌다.

살아가는 일 또한 상한 부분을 도려내듯
'속상한 부분'을 슬쩍슬쩍 비껴가는 일 아닌지 싶다.

○

속았다

적당히 다듬기만 하리라 다짐하고 미용실에 들렀다.
그런데 미용사가 파마를 권했다.
말라서 볼이 홀쭉하니 볼륨을 주어야 예쁘겠다고 했다.
맞는 얘기이고말고!

"근데 시간이 없어서요."
"15분이면 돼요."

오! 그런 파마도 있었나?
언제 또 시간을 내 미용실을 들르랴.
졸매졸매 머리카락을 맡겼다.
그런데 1시간 20분이나 걸렸다.

"손님, 마사지도 하세요. 10분이면 돼요. 호홋!"

'10분 좋아하시네!'
오늘도 속았다.

2부 • 데굴데굴 한낮의 복숭아처럼 발그레한 여름

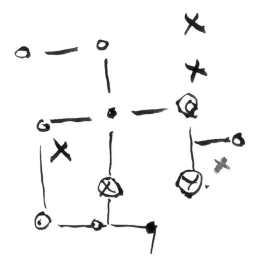

버스를 타고 집으로 돌아오는 길,
질기게도 졸았다.
가는 길에도 졸고, 오는 길에도 졸고
시내버스에서 마을버스로
바꿔 타고도 졸았다.
졸고 난 뒤는 울고 난 것처럼 홀가분하다.
버스의 적당한 흔들림이 마치
누군가 다 큰 나를 등에 업고 달래는 듯하다.

'너, 힘이 드는구나.'
'… 네, 조금이요.'
'그럼 자라. 자는 게 약이다.'

등에 업혀 끝도 없이 존다.
졸고 또 존다.

초마가 입고 싶다

어린 시절, 살았던 강화에서는
치마를 '초마'라고도 했다. 사투리다.
초마, 초마… 초마가 어디 있더라….
하얀 초마를 찾았다.
꾸깃꾸깃 꾸겨진 것이 말 아니다.
다리미로 다려 입어야 할 것이다.
떫은 감물이 얼룩덜룩 든 흰 무명 초마.
나는 울긋불긋 포플린 치마보다 그 초마가 좋았다.
비가 내리는 날,
종아리 중간까지 닿는 초마를 입고 노래를 불렀다.
'바위고개 언덕을 혼자 넘자니-'를 불렀다.

▶가곡, 〈바위고개〉

어제 그제 문밖에서 옛날 노랫소리 하나 들렸다.
정 모 가수가 부른 것을 조 모 가수가 다시 불렀다.

'이렇게 좋은 날에, 이렇게 좋은 날에.
그 님이 오신다면 얼마나 좋을까?'

볕발이 유난히 맑은 날이면
베란다 창밖의 환한 볕살을 내다보며 흥얼대다가
이어지는 가사에 떠오르는 한 사람이 있다.

5남 5녀 열 형제의 맏이로 태어나
4남 4녀 팔 남매를 두고 돌아가신 어머니.
어머니는 볕 바른 오월 한나절 때면
안마당에 커다란 솥을 내다 걸고 고추장을 담그셨다.
고추장거리를 큰 솥에 넣어 불을 지피시며
자루가 긴 주걱으로 솥 안의 것들을 저으셨다.
그때면 나는 뜰아랫방 들창문으로
어머니와 나무 타는 냄새와 희푸른 연기와
속이 비칠 만큼 투명한 볕발을 내다보았다.

▶ 정훈희, 〈꽃밭에서〉

멍
때
리
기

아무것도 꾀하지 않으면서 망연히 있기.
어느 날의 직박구리처럼 한곳에 눈을 박아두기.
집 안이 아닌 밖에서.
처마 밑이 아닌 나무 밑에서.
나무라고 해도 꽃이 피지 않은 나무 밑에서.
들끓는 여러 가지가 마침내는 가라앉을 것.
비 온 뒤 차츰 개일 것.

홈통 속을 흐르는 빗소리가 제법 운치 있게 들려서
베란다 바닥에 스티로폼 돗자리를 깔고 잘까 했다가
좀 춥겠다 싶어 그만두고 베란다 창문만 열어 두었다.
빗소리가 거실로 걸어 들어와
내 방까지 올지 모르지, 했다.
빗소리는 베란다와 거실 경계 문턱 언저리까지만
오다 말다 돌아섰다.
오지도 가지도 못하는 이의 발자국 소리로
귀에 남아 뒤치적거렸다.
잠도 쫓아 뒤치적거렸다.
밖은 여전히 흐리고 오늘도 비일는지 모른다.

참새

재활용 쓰레기를 버리고 오는 길에 참새를 보았다.
일곱 마리쯤이 깡충깡충, 때록때록, 짹짹거리며
모이를 쪼다 떠들다 그런다.
생긴 모습도 그렇고 참새는 참 똘똘하기도 하다.
짙은 밤색 뒤통수도 그렇다.
어디 사는 참새고 간에
참새는 모두 똘똘하게 보인다.

세상은 이따금 아름답기 짝이 없다.
저기 잠깐 스쳐 보이는 조무래기 별.
초저녁 하늘을 아프지 않게 꼬집는 말끔한 손톱 달.
세숫비누 거품처럼 목덜미를 가볍게 스치는 바람결.
안녕, 안녕, 안녕!
열 번이라도 고개를 까딱여 인사하는
어린 아기의 고갯짓.
아무렇게나 흩어져 있는 그런 것들이
주눅 들린 인생을 다시 살고 싶게 한다.

3

잠 못 드는

시려운 이슬에 귀뚜라미도

가
을

○
유
행
가

'헤어지면 그리웁고, 만나보면 시들하고…'
세상사가 다 그렇지 뭐.

▶남인수, 손석우, 박시춘, 〈청춘 고백〉

행복

날씨가 되우 쌀쌀하다.
하늘도 된통 흐리다.
베란다에서 뒷길을 내려다보았다.
어디서 생선 굽는 냄새가 맛있게 난다.
뉘 집인지 행복하겠다.

안
개

안개가 자욱하다.
안개 때문에 추운 줄도 모르겠다.
앞서 걸어가는 사람의 다리가
보였다 안 보였다 한다.
오늘 아침나절은 둥둥 떠다녀도 되겠다.

걸
레

생각해보면 걸레질은 구도求道에 가깝다.
걸레를 비누로 박박 문질러 거품을 내고,
여러 번 헹궈 깨끗이 빨아 꽉 비틀어 짠다.
'어디서부터 닦기 시작해야 옳을까?'
무릎을 꿇고 오른팔에 힘을 주어 더럽혀진 자리,
덜 더럽혀진 자리를 가리지 않고 닦아나간다.
'내 기도를 들으소서.'
팔에 힘을 주어 문지를 때마다 마음으로 뇐다.
'나를 편케 하소서.'
거실과 방 세 개, 주방 바닥을 훔쳐내는 동안
얼굴은 붉어지고 숨은 가빠진다.
끝으로 신발을 신고 벗는 현관의 흙을 훔쳐낸 다음,
더럽혀진 걸레를 다시 박박 문질러 빨아 헹군다.
우리 집에서 제일 깨끗한 건 걸레다.
날마다 맑은 물에 몸을 헹궈 정신이 맑은데다가
질척이는 물기가 꽉 짜여 눈물 날 일은 아예 없다.

○

달
빛

잠에서 덜 깬 머리를 기웃댔다.

혹시 서랍 속 작은 손전등을 끄지 않고 넣어 두었나 했다.

충전한 게 남은 엘이디 전등인가 했다.

다 아니었다.

쳐놓은 커튼 사이로

서산으로 넘어가던 중의 보름달 가까운 달님이

내 방에 다니러 오신 거였다.

희게 빛나는 긴 발을

내 방 방바닥에 일부 내려놓아 주신 것이다.

조금은 수줍게.

달님의 발이 내려앉았던 자리는

내가 잠에서 깨어 발을 내려놓는 자리.

다음 보름달 즈음에도

커튼은 꼭 그만큼 사이가 벌어져 있게 할 것이다.

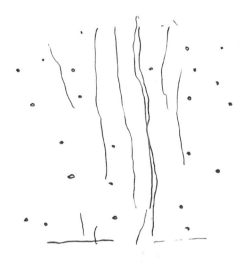

○
말
리
기

하늘빛과 구름, 햇살과 바람이
영락없이 가을이다.
이런 날 방구석에 처박혀 있는 건 무리다.
어디든지 나서야 한다.
집 밖으로 나가 따끈한 볕에
축축하게 젖은 몸과 마음을 말려야 옳다.

　　　　　　　　　3부 • 시려운 이슬에 귀뚜라미도 잠 못 드는 가을

이유

더 살고 싶은 이유는
다른 데 있지 않다.
보란 듯이 해외여행을 꿈꾸는 것이 아니며,
맛있는 음식을 탐해서도 아니다.
자식 덕을 보자는 것이 아니요,
늦은 연애를 꿈꾸는 것도 아니다.

눈을 쏘는 듯 눈부신 햇살의 아침과,
새파란 하늘 한 귀퉁이가 깨져 내려 피어난 듯한
달개비꽃이 한 번이라도 더 보고 싶어서다.
먼 산의 능선을 지운 비안개 같은 것이 보고 싶어서다.
귀청 찢어지게 우짖는 직박구리 소리를
하루라도 더 듣고 싶어서다.

○
시
리
다

귀뚜라미는

정강이에 차가운 이슬이 닿아

시려워 시려워 운다.

혼자

혼자가 좋은 까닭은
쓸쓸함조차
온전히 내 것이기 때문이다.

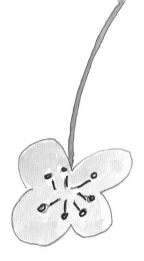

조그만 잣알을 너무 세게 깨물면 아작이 나고,
덜 깨물면 침만 잔뜩 묻히게 되고,
오기로 어금니에 힘을 콱 주게 되면
아주 박살이 나 건질 게 없다.

"애야, 자고로 인생이란 잣알 깨는 일과 같단다."

끄집어낸 하얀 잣알을 큰아이에게 건네며
어미는 말했다.
세상 어떤 일이 잣알맹이 꺼내 먹는 일보다
고소할 수 있겠는가.

○

철
들
다

아파트 10층에서 내려다본 나무 가운데
은행나무 한 그루가 유독 노랗다.
나무도 사람처럼
일찍 철드는 게 있고, 늦게 드는 게 있나 보다.
너무 이르게 철드는 일은 딱하고,
너무 늦는 것은 걱정이다.
나는 어떤 편인가 하면
철이 들었다 나갔다 한다.

니나 잘 하세요

전에 아는 형님한테
주변 인물들이 이러저러해서 힘들고
속이 많이 상하노라 얘기한 적이 있다.
그는 내 얘기를 다 듣고 짧게 답했다.
"니나 잘 하세요!"
그 말을 듣고 나서부터 나는
'니나 잘 하기로' 굳게 마음을 먹었다.
사람들 각자
'니나 잘 했으면' 좋겠다.

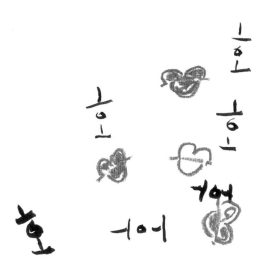

잡지에 종종 여러 사람이 나누는 좌담 등이 실리는데,
그걸 읽으려 하면 지레 질리고 암담해진다.
뭐라 뭐라 눈곱만큼도 틀리지 않는
이야기들을 나누었을 것이다.
그 '맞는 얘기'들은 지레 주눅 들게 한다.
모든 맞는 얘기들은 기죽게 만든다.
나는 여러모로 어깃장 놓고 싶다.

외면

아름다운 풍경은
곧바로 눈을 주어 바라볼 수가 없다.
보더라도 곁눈으로 흘낏,
재빨리 스쳐보고 말아야 한다.
숨이 훅 막혀 와서다.

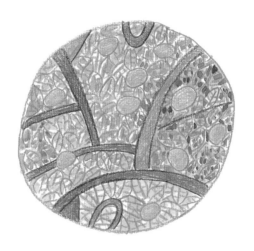

꽃 한 묶음을 받아들고 좋아라 들어와서는 잤다.

혼자 잤는데 깨어서 보니 고양이가 옆에서 자고 있다.

나는 깼는데 고양이는 아직도 잔다.

고양이는 고양이의 잠이 따로 있구나!

그걸 이제야 알았다.

'뒷모습 대신 얼굴을 더 오래 바라보는 거였는데….'

난데없이 든 생각이다.
머리카락이 하얗게 센,
머리카락이 빠져 엉성하고 헝클린
엄마의 뒷머릿께가 떠올라서다.
난데없이 시달리는 것이 어디 그뿐이랴.

어둠

채 밝지 않은 이른 아침의 어둠이 마음에 든다.
어둠을 벗어내는 하늘을 치어다보노라면
내가 아침을 데려오는 느낌이다.
(저녁 무렵, 나무 둥치 밑에 괴는 어스름을
고스란히 지켜볼 때도 그와 같았다)

줄무늬 남방

꿈에서
초등학교 남자 선생님이 되어
담임 맡은 아이들을 인솔해 신작로를 걸어갔다.
때는 한여름이었고,
아이들이 입은 옷은 색색으로 고왔다.
나는 옅은 보랏빛 바탕에
붉은 줄무늬가 죽죽 그러진 남방을 입은
키가 크고 멋진 총각 선생이었다.

안
팎

상가喪家에 다녀왔다.
한 사람은 영정 사진 틀 안에서 웃고,
다른 이들은 영정 사진 틀 밖에서 웃는다.
살아가다 보면 죽기도 하는 것 아닌지
두서없이 거들고 나선다.

여
행

3부 • 시려운 이슬에 귀뚜라미도 잠 못 드는 가을

나이를 먹다 보니
인생에는 그다지 들뜰 일도
기죽을 일도 없다는 걸 깨닫는다.
그렇다고 설렘까지 스러지고 만 건 아니다.
돌아올 수 없다 해도
나는 또다시 긴 여행을 꿈꾼다.

돌아올 어느 날

돌아올 어느 날에는 홀로 깨어
작은 컵라면에 부을 물 반 주전자를 끓이면서
창밖의 푸르른 나무를 바라볼 것이다.
논둑길이 시작되는 그곳,
그대 무심한 듯 등을 보이며
낫을 들어 허리가 넘게 자란 시든 덤불을 베려니.
돌아올 어느 날에 그대는 낮잠에 겹고,
홀로 시름에 겨운 나는 그대가 베어낸 시든 풀을
태우면서 매운 연기에 눈시울 붉히기도 하려니.
돌아올 어느 날, 나는
아무렇게나 자란 풀덤불 사이에
늙은 새처럼 다리 오그리고 앉아
부연 들판을 바라보고 싶을 것이다.

떨어진 잎

물든 벚나무 잎이 바닥에 떨어져 뒹구는 것을 보았다.
진한 빨강, 엷은 주황, 짙은 노랑으로
물들어 떨어졌다.
바람에 쏠리면서 버스럭버스럭 소리를 낸다.
"얘들아, 바람이 불 땐
구석에 모여 있는 것이 좋을 거래도."
숨어들어 일러주고 싶었다.

3부 • 시려운 이슬에 귀뚜라미도 잠 못 드는 가을

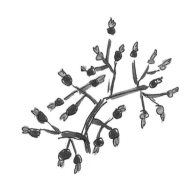

간댕간댕

한 마리 늙고 헐벗은 새로
가는 나뭇가지에 간댕간댕 앉아 있다고 해도
억울할 것은 없다.
간댕간댕 앉아 있기란
얼마나 스릴 넘치는 일이냐.

김치

배추 두 포기로 김치를 담그려 한다.
생각하는 것만으로도 힘이 든다.
돌아가신 엄마가 생각나는 건 바로 이런 때다.
이제 나를 도와줄 수 없지만
나를 염려하고, 격려하고, 기특해하실 거라는
그 생각만으로도 힘이 솟는다.

○
텅

시끄러운 것을 좋아할 사람은 없을 것이다.

나도 그렇다.

가끔 '조용'에 귀를 기울인다.

조용은 맹물 맛이다. 담백하기 이를 데 없다.

더럽혀지지 않은 텅 빈자리다.

그 텅 빈 자리에 텅 빈 나를 던져두고 싶다.

다림질

조금 흐린 날,
베란다 창가 쪽 거실 귀퉁이에 자리 잡고 앉아
시름 반 기쁨 반을 가슴에 묻고 다리미질을 한다.

내 손끝에서 반반해지는 세상의 근심들을 좀 봐.
손끝을 타고 다시 평온해지는 내 가슴속을 좀 봐.
여전히 따뜻한 사람들의 온기를 좀 봐.

175

내게 왜 사냐고 묻지 마라.

아직 살 만해서 사는 중이다.

제멋대로 부는 바람 좀 좋으냐.

바람에 떨어진 나뭇잎 좀 좋으냐.

가을비에 풍기는 마른 나뭇잎 냄새가 좀 좋으냐.

떨어져 구르는 나뭇잎을 바라보는 사람들이 좀 좋으냐.

꿈인 듯 아닌 듯

어리버리 희끄무레 엄벙덤벙

살 만한 세상 아니더냐.

3부 • 시려운 이슬에 귀뚜라미도 잠 못 드는 가을

덥지 않고 바람결도 선선해서 책을 읽거나
무얼 끄적거리기 딱 알맞은 날씨다.
한 가지, 푸르른 하늘을 너무도 간단하고 쉽게
올려다보이는 일이 문제다.
푸르른 하늘은 가만히 있지 않고
뭉실뭉실 새하얀 구름을 몰고 오는 것이 또 문제다.
뭉실뭉실 새하얀 구름은 또 가만히 있지 않고
하늘, 복판, 귀퉁이를 휩쓸며
돌아다니는 것이 또 문제다.
큰 곰이 되었다가 깡충깡충 토끼,
날갯죽지를 편 병아리로 바뀌는 것이 문제다.

○
나
무

다음 세상에 다시 태어나기로 한다면
나는 나무로 태어날 생각이다.
봄은 봄대로, 여름은 여름대로,
가을은 가을대로, 겨울은 겨울대로.
나무는 아름답다.
나무는 조용하다.
바람의 입을 빌려 비로소 이야기를 끄집어낸다.

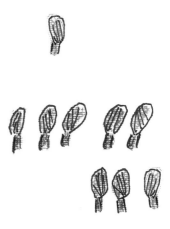

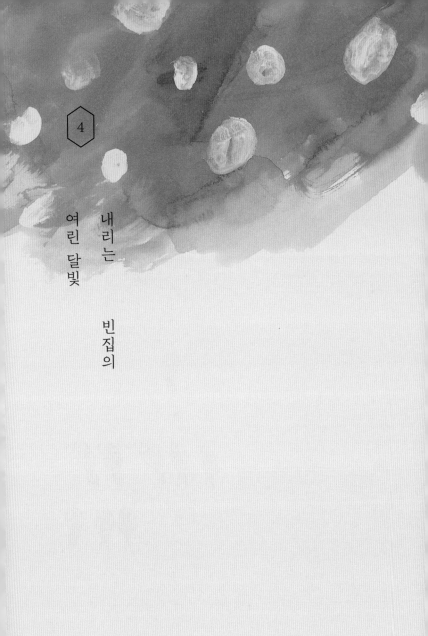

4

내리는 여린 달빛

빈집의

겨
울

⬡
지붕

재개발 구역으로 지정되어
사람들이 떠나고 없는 듯 보이는 동네.
납작납작한 기와지붕 위에 하얀 눈이 소복하다.
그곳이 어쩐지 정답기도 하고
눈물겹기도 하고 궁금하기도 했는데
전철을 타기 위해 올라가는 층계에서 보았다.
새는 지붕을 가리느라 지붕 위에는
별별 것이 다 올라가 있었다.
넓고 큰 고무 다라가 엎어져 있기도 하고
비닐을 씌운 나무판자도 올라가 있었다.
좁은 옥상 빨랫줄에 빨래를 너는 이도 있었다.
사람 사는 일이
실은 아무것도 아니라는 생각이 들었다.
궁핍해 보이는 곳에 사는 건 실은 예삿일이다.
봄이면 작은 뜰에 놓인 화분에 아무렇지도 않게
분꽃이며 깨꽃 씨앗을 뿌릴 것이다.

길고양이

길고양이를 본다.

이곳저곳에서 본다.

배를 곯고 있는 건 아닐지 걱정이 된다.

어린 길고양이를 보면 더욱이나 딱하다.

그렇다고 보는 대로 집으로 데려올 수는 없다.

그들 등에 얹혀 있는 쓸쓸함과 굶주림이 애달프다.

침묵할 줄 알며 슬기로운 눈빛을 지녀서 더 그렇다.

자동차 밑 어둠 속에 숨죽이고

음식 찌꺼기를 뒤져 먹는 모습을 감추고 싶어 하는

그들의 비애가 안쓰럽다.

맑고도 호동그란 눈빛.

앞다리를 곧게 뻗어 내딛는 우아함이 있어 더 그렇다.

불꽃

타올랐다가, 사그라졌다가,
잠잠했다가, 미친 듯 날뛰다가.
마침내 재로 변하는가 했는데
다시 살아나 불붙기도 하며,
탁탁 흥겹게 소리를 내면서
새파란 새끼 불까지 치다가.
누군가 스티로폼 따위 몹쓸 것을 던져 넣어
고약하게 타는 냄새를 풍기다가,
불티로 날아 하늘 높이까지 오르다가.
인생 또한 타오르는 불꽃과 다를 것이 없다.

눈물

작은딸이 어제
대입 원서 서류 미비로 접수를 못 했다.
"내일 하면 되잖아."
달래자 내가 모르게 손으로 눈물을 훔쳐냈다.
이대 입구에 청바지 가게에 들러 바지 하나를 사주자,
입이 비짓이 벌어진다.
친구와 만나기로 했다는 딸과 헤어져
전철을 바꿔 타면서,
3호선 방향 마지막 계단을 내려서는데 그만
눈시울이 더워진다.
그 애는 제 실수가 부끄럽고 민망했던 것이다.
나도 그런 적이 잦았다.
그럴 땐 나도 엄마가 모르게 울곤 했다.

창밖에는

유행가 가사 중에
'창밖에는 바람 불고요. 비 오고요.'가 있다.
이른 아침, 창밖은 희부연 안개다.
이런 날 컴퓨터 앞에 앉아
자판이나 두드리는 일은 마땅하지 않다.
안개는 마침내 비였으면 싶다.
'창밖에는 바람 불고요. 비 오고요.'
안개 자욱 낀 초겨울이라니.
코트 깃을 올려세우고
어디로든 걸어 나가고 싶다.
'창밖에는 바람 불고요. 비 오고요.'

▶송창식,〈창밖에는 비 오고요〉

4부 • 여린 달빛 내리는 빈집의 겨울

흔들리다

외출했다 돌아오는 길에 미끄러졌다.
절대로 미끄러지지 않으려
발끝에 눈과 힘을 모으고
초긴장 상태로 걸었는데 그게 더 문제였다.
엷게 남아 있는 눈 밑에 빙판이 숨어 있었던 게다.
콰당!
아직 땅속에서 숨죽이고 있던
새싹들이 모두 놀랐을 것이다.

윗몸은 고스란히 세워 두고
뒤로 짚은 양 손바닥이 한참이나 얼얼했다.
'넘어진 김에 쉬었다 가지!'
주저앉아 바라본 하늘에서는
눈발이 조금 날리기 시작하고 있었다.
통쾌함!
누가 내 전체를 이렇게 확실하게
흔들어 놓을 수 있겠는가?

눈살

마음이 가볍지 않아도 이따금 길을 나서기는 했다.
이윽고 양수리행 일반 버스가 와 닿았다.
등을 조금 움츠리고 창 쪽으로 붙어 앉는다.
무릎에 내려앉는 햇볕이 따숩다.
눈부신 볕발을 내다보려면
눈살을 조금 찌푸려야 옳을 일이다.

4부 • 여린 달빛 내리는 빈집의 겨울

○
따
지
다

내 인생 전반도 이만하면 대체로
복된 편 아닌지.
생각해보면
그렇게 기쁠 것도 슬플 것도
괴로울 것도 없다.
따져 볼수록
더 없다.

엄마

내 아이들이 초등학교 다닐 적엔
뒤에서 '엄마' 소리만 들려도 돌아보곤 했다.
'엄마' 하고 부르는 소리는
다 내 아이들 목소리 같아서였다.
'엄마'라는 말만큼 정감 있는 말이 또 있을까?

엄마라는 사람은 영원히 죽지 않는 사람으로 알았다.
언제까지고 내 곁을 지켜 주는 사람으로 알았다.
엄마를 떠올리며 아쉬워하는 일은
속만 더 상할 뿐이다.
그래도 이따금 절절하게 엄마가 그립다.
주름 그득할 손등 부여잡고 울고 싶구나.
생각만으로 눈물은 쏟아진다.

○
가
만

가만, 가아만…
밖에 누구지?
누구야?
누굴까?

차갑지?
아니.
차갑기만 하진 않아.

가만, 가아만…
밖에 무어지?
무어야?
무얼까?

흔들리지?
아니.
고요해.

○
장
갑

잎을 다 떨군, 춥고도 맨송맨송한 나뭇가지에
걸려 있는 분홍 벙어리장갑을 보았다.
뉘 집 예쁜 딸아이의 장갑일까.
분홍 바탕에 빨간 꽃이 수 놓인 포근포근 장갑이다.
눈길 위에 떨어진 것을 누군가 주워
눈에 잘 띄는 길가 빈 나뭇가지에 걸어 놓은 것이다.
장갑 두 짝을 잇는 분홍 끈이 바람에 흔들흔들.
분홍 끈이 장갑 두 짝을 얼러주어 다행이다.

새 봄,
저 살구나무 빈 가지에도
분홍 살구꽃이 가득 피어날 게다.

단골 붕어빵 포장마차에 갔다.
천 원에 여섯 마리 주는 꼬마 붕어빵인데,
달큼하고 바삭하고 작아서 귀엽다.
날이 따뜻해지면서 붕어빵을 굽지 않을까
조금 걱정이 된다.
물어보았더니 4월 말까지는 구워 팔 거란다.
그때까지는 차가운 개울물에 발 적시며
붕어 잡으러 가지 않아도 되겠다.

○
기
쁨

하늘은 흐리고 왼쪽 다리는 아프다.
다리가 세 개 아닌 것이 다행이다.
며칠 전보다, 엊그제보다 오늘 더 아프다.
계단을 오르내리려면 겁부터 난다.
'나도 늙었다'고 말하기는 싫다.
누구라도 전날 저녁보다 이튿날 아침은
더 늙어 있는 법이다.
이럴 땐 나만 혼자 늙는 것이 아니라서 기쁘다.

　　　　　　　　　　　4부 • 여린 달빛 내리는 빈집의 겨울

손수건

4부 • 여린 달빛 내리는 빈집의 겨울

이른 아침 깨어 약간 시름겨워하며
스무 장쯤 되는 손수건을 다리면서 생각했다.
손수건 빛깔과 무늬가 참 다양하구나.
슬픔의 빛깔도 이리 다양하겠구나.
눈물의 빛깔 또한 이리 다양하겠구나.

유
턴

지하철을 잘못 탔을 때는
재빨리 바꿔 타는 것이 수다.
살아가는 일도 마찬가지다.
옳은 길이 아니다 싶을 때는
지체 없이 삶의 방향을 바꾸든가
아니면 새로 시작해야 한다.
물론,
깊이 생각해 유턴을 시도한 일이
있긴 하다.

4부 • 여린 달빛 내리는 빈집의 겨울

◯

똑같이

오후 네 시 무렵 인사동,
화랑 안쪽에 있는 카페 빈자리로 가서 앉았다.
볕은 깊숙이 들어오고,
사람이 많지 않아 마음에 든다.
볕이 내 발끝에서 머리끝까지 다 놀러 와서
따뜻하고 정답고 기쁘다.
나뭇가지에 내려오는 볕이 내게도 똑같이 내려와
나뭇가지가 되고 마는 중이다.

그립다

창밖에는 눈이더라.
처마 끝에 바짝 붙어 앉아 눈 내리는 걸
보고 싶었는데 못 봤다.
눈을 좀 맞았어도 되는데 맞지 못했다.
섭섭하다.
머언 산 고라니는 제 굴 앞에 서서
눈 내리는 바깥을 내다보았을 것이다.
경중거리며 눈 내린 비탈을
뛰어내렸을 것이다.
가까이 두고도 그립다. 눈!

동네 앞 가게에 잠깐 나간 길에
붕어빵 장수 부부를 보았다.
팔리지 않아 구워 놓은 붕어빵이 수북했다.
어쩌나, 저 여러 마리 붕어.
그 붕어들, 차가운 하늘 너머로 헤엄쳐
오르고 싶다.

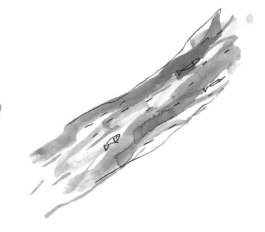

빈 가지

잎을 다 떨어뜨린 나무를 볼 때면
왠지 경건해진다.
어떻게 저토록 모조리 떨구고
빈 가지인 채 서 있을 수 있는 것인지.

○
손
해

속상하면 나만 손해다.
속상하게 만든 사람은
속상하게 해놓고는 싸악 잊는다.
그리하여 나는 어떤 일로든
속상하지 않기로 작정했다.
나도 나만 생각하고
더러 남의 속을 썩여야겠구나, 생각한다.

4부 • 여린 달빛 내리는 빈집의 겨울

혼자 깨어 있는 아침은
더없이 홀가분하다.
나를 부디 흔들지 마라.
가라앉아 있는 것은 가라앉아 있게 두어라.

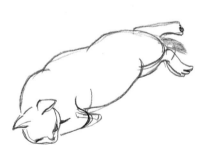

까
치

까치 한 마리가 운다.
까치 한 마리의 울음이
이른 아침 아파트를 통째로 흔든다.
저놈, 참 힘도 세다.

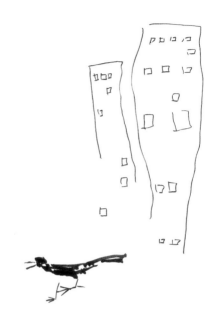

언젠가 성남 모란장에 가서 사 들고 온
동백나무에 꽃이 피었다.
딱 한 송이가 붉게 피어났다.
아침 이르게 앞 베란다의 커튼을 젖히자
선명한 빨강이 눈 속으로 뛰어들었다.
거름흙 한번 넣어주지 못했는데
저 혼자서 선명히 잘도 피어났다.
동백, 눈물처럼 후두둑 떨어지는 꽃.

붉다.

몸
살

어려서 자주 몸살을 앓았다.
앓을 때면 죽을 만치 앓았다.
모두 나가고 텅 빈 집,
자리에서 간신히 일어나
열에 뜬 채로 마루 끝에 웅크리고 앉아있으면
바람은 언제나 찼다.

오늘 베란다 문을 여는데
그 옛날 불었던 바람이 예까지 쫓아와 불었다.
그 시절 쓸쓸함이 어른인 지금과 크게 다르지 않았다.
나는 가끔 예닐곱,
아니면 열 두엇으로 되돌아가곤 한다.
그때는 몸살을 한 번 앓고 날 때마다
보이지 않던 것이 한 가지씩 눈에 들어오는 듯했다.

흠뻑

시외버스 창 쪽에 몸을 싣고
11월의 쇠락한 들길을 달리다
이런저런 서러움을 모아 눈시울을
흠뻑 적시고 싶다.
살아 있는 사람에게는
그런 날도 있어야 한다.

조용히 일어나 앉아

조용조용 문을 열고 신문을 들고 들어온다.

부스럭 소리를 내지 않으며 신문을 보고

베란다로 나가 마른빨래를 거둬들여 조용조용 갠다.

소리를 죽여 조용조용 물을 받은 다음,

불릴 쌀을 담근다.

바깥은 더없이 조용하다.

생각에 소리가 없어 다행이다.

생각에도 소리가 있었다면

세상은 지금보다 훨씬 더 소란했을 것이다.

어떤 생각은 오토바이 내달리는 소리를 냈을지 모른다.

○

맵
다

4부 • 여린 달빛 내리는 빈집의 겨울

어제 밤새워 불던 사나운 바람은

먼지를 말끔히 쓸어갔다.

쨍한 추위는 둥둥 떠다니는 먼지를

꼼짝 못 하게 얼려 놓았다.

이런 겨울밤이면

바라보이는 불빛이 다 차가운 별이다.

이렇게 추운 날,

매섭도록 차가운 바람을 온몸으로 맞닥뜨리며

긴 다리 난간을 오오래 걷는 일도 괜찮을 것이다.

살아가는 일은 그보다 훨씬 더 맵다.

뽀글이 파마를 할 생각이었다. 길고 마른 얼굴이 좀 너그러워 보일까 해서였다. 그런데 미용사가 말린다. 희게 센 머리카락이라 말을 듣지 않을 거란다. 맞는 얘기다. 아무리 애써도 너그러워 보일 자신은 없다. 머리카락은 나이 들면서 외려 기세가 등등해졌다.

한때는 낭창낭창 잘도 놀았다. 열 몇 해의 봄을 〈봄날은 간다〉로 탕진했고, 인사동 홍백화방에 드나들며 아크릴 물감을 사들였다. 그러는 동안에도 〈망향〉의 '그대 날 사랑한다고 말해주오'는 여태껏 답이 없고 이따금 시름겹다.

혼자 나설 수 있다면 초지리에 가고 싶다. 보리밭 모퉁이를 돌기 전, 논둑에 피어있던 개복숭아 나무의 진분홍꽃이 보고 싶다. 샛노란 원추리꽃과 주홍 참나리꽃이 흩어져 피어나던 사슬재 고갯길에 서고 싶다.

그리워하는 일로 지내온 인생이다. 그리운 걸 그리워하느라 그리 힘들지도 않았다. 소띠라서 소처럼 웃곤 했다.

어느 때라도 갖가지 빛깔의 유리구슬처럼 또록또록 이쁜 것은 고양이다. 줄무늬든 얼룩이든 개성이 없는 고양이란 없다. 고양이와 나는 서로 자신이 좀 더 상대를 깊이 사랑하는 것으로 우겨왔다.

이제까지 배째, 쭈꾸미, 핑코와 함께 지내왔는데 하마터면 나와 동고동락했을 다른 여러 고양이들이 또 그립다.

지병으로 희미해진 시력이라 눈에 잡히는 고양이가 그다지 없다. 그런 내게는 아파트 일층 어느 집 뜰로 기어드는 고양이의 까만 그림자조차 한없이 귀하다. 내게 있어 고양이는 모다 특별하다.

미장원에서 자른 머리가 아무래도 너무 짧다. 나무 밑에 앉아 멍 때리는 동안, 은빛 머리칼은 바람을 가를 터다.

길고양이들은 배고프지 말 것